诗想者

HIPOEM

生活，还有诗

黑色的火光

陈雅飞 著

GUANGXI NORMAL UNIVERSITY PRESS
广西师范大学出版社
·桂林·

黑色的火光

Heise de Huoguang

特约策划/ 刘　春
责任编辑/ 吴福顺
助理编辑/ 覃伟清
责任技编/ 王增元
封面绘图/ 安　琪
装帧设计/ 桂　裴

图书在版编目（CIP）数据

黑色的火光 / 陈雅飞著. —桂林：广西师范大学出版社，2023.4

ISBN 978-7-5598-5856-6

Ⅰ. ①黑… Ⅱ. ①陈… Ⅲ. ①诗集－中国－当代
Ⅳ. ①I227

中国国家版本馆 CIP 数据核字（2023）第 038305 号

广西师范大学出版社出版发行
（广西桂林市五里店路 9 号　邮政编码：541004
网址：http://www.bbtpress.com）
出版人：黄轩庄
全国新华书店经销
广西广大印务有限责任公司印刷
（桂林市临桂区秧塘工业园西城大道北侧广西师范大学出版社集团有限公司创意产业园内　邮政编码：541199）
开本：880 mm × 1 230 mm　1/32
印张：6.75　　字数：130 千
2023 年 4 月第 1 版　　2023 年 4 月第 1 次印刷
定价：68.00 元

献给我的家人

目 录

2015 年

2016 年

2017 年

2018 年

2022 年

2015 年

短章（十首）

夜

夜的鼻息
冷冷穿过高楼的缝隙
好奇的月光追逐姑娘超短的裙裾
在城市的霓虹中忘了转弯
一头撞在钢铁浇铸的墙壁上
因疼痛而变得苍白

杯　子

杯子
被你双唇轻轻一吻
从此
开始了她的生命
直到你饮干所有琼浆
来世

她的魂灵
在你血管里流动

仙人掌

不羁的武士
在盆里挥舞它绿色的长矛
像是梦见了沙漠
这是处理青春的榜样

少　女

一想到没有她
他也过得很好
她低头将脚下的石子
踢出了老远

信

为了不让骏马坠入深渊
她拉住缰绳
以巨石般沉重的句号
绊倒了奔腾的字眼
任它在指尖扬起前蹄
久久喑哑，凝固成抛物线

哲　学

地球之外的天体
黑洞之外的星系
圆圈之外的苏格拉底
吸收了现实之后的所有意义
吞噬了我之后的你

关于一

一切自恋的人都形迹可疑
一切暴力都有违你的本质
一切会变的情义终将恍然大悟
一个声音在万籁沉寂
一种无形在大象隐遁
一朵花蕾泄露了物种天机
一面词语之镜将我和你
在绝对的凝视中合二为一

一月的雨

一月的雨
滑过冬夜的窗棂
每一滴雨都曾经沧海
每一滴雨都落在了过去

是韵律的反复
将相似之物环环相扣
每一个字都有内观之眼
每一个字都见证了此刻

泥娃娃

召唤我你在我手心团土
见魔法我求你将我吹魂塑形
芸芸众生是你独一无二的造物
自生自灭是你放之四海的隐喻
我迎向天用你施过咒的重目
我舞向地连同你指尖满溢的温度
为万物欢呼你在自然中隐去
直到用双手我抵达朝拜你的路

爱是凡人不老的野心

这世上除了女人就是男人
所以相遇是百分之五十的概率
并非传说中的百万分之一
稀罕事一生一次
我们都知道早在子宫

爱是凡人不老的野心
我们都有机会做一回上帝
如果没有实现
不啻是一种
与谦卑相符的幸运

2015. 1

雄　鹰

蓝色和白色组成的辽阔天际
它从深潜的海平面一跃而起
以迅疾之速度，以矫健之姿
冲破乌云，展翼成翱翔雄鹰
海水汹涌澎湃，完成了使命
瞬间涌回你深不可测的眼睛

只为护庇它瑟瑟发抖的魂灵
你曾用大海做成的双眸凝视
直待它蓄足再次前行的勇气
向上，飞向原本属于的沧溟
在你视线尽头，扑棱着双翅
这时一声长啼划破万丈黎明

2015. 3. 17

北美之行（五首）

一

把行囊扔给太平洋
把过去留给东方
向南，再向南
三月的得克萨斯
鲁冰花有白有蓝

二

穿越死亡，穿越龟裂的山谷
踏着尸骨，踏着璀璨的金矿
含一粒避水神珠，轻轻驶入
海平面以下八十六米
远方，是红尘万丈

三

输光全部身家，赌徒
用最后的筹码叫了脱衣舞
扳动枪机，血和乳从他嘴里涌出
女郎吐口烟圈，扬长而去
拉斯维加斯没人在乎

四

看，愚人狂欢
肥胖的王者
在血红的令牌顶端
和眼镜蛇共戴皇冠
头顶始终悬着
那把利剑

五

摧毁和创造
胜过一切祷告
为证明元老的荣耀
用拜占庭式的骄傲
和竞技场上杀人的嗜好
筑起一座
属于众神的城堡

2015. 3. 21

老　赵

老赵穿了平生第一套西装，去城里参加女儿婚礼
一拜天地，二拜高堂，几千年的仪式没有变过
他坐在高背椅上，衣服箍紧得就像他右边的老伴
那个从来没有对视过的巨大存在

老赵喝完闷酒，突然提出离婚俩字
说想去找四十年前那婆娘，听说她刚守了寡
婚礼上每个人伸出一个指头，几百双筷子猛戳他脑袋
说你大半截入土了那东西还想硬，老不要脸真丢人

老赵撕破西装，在女儿女婿面前痛哭流涕
他说他十五年没碰女人了
如果不算十五年前那次要了你娘
那整整十八年零七个月了

2015. 3. 30

鸟（三首）

一

爱的姿势只有一个
除了双手奉上，别无他途
通过他，通过她，爱从身上穿过
你我是由零向无穷的一环
爱如飞鸟回归天空

二

箭脱了弦
鹰飞了天
除了翱翔和俯视
除了到达终点
想不出别的
更爱大地的方式

三

群山退成一个背景，连同倒影
你拍翅成一种象征，飞出梦境
越过真相的边界，看到幻象之景
你游弋的姿势于我是种启示
而记忆，因为皈依过你
变得超出我的预期

2015. 4. 8

京都的驯鹿

对美好保持敏感，是一种能力
对伤害保持迟钝，是另一种
为此我总记得
东大寺门口的驯鹿
当它扯住衣角，那眼神
信任所有，依恋万物
让我想起你
原谅一切的眼睛
和草木般纯粹的心
我举起手落在它头上
一如你的手，轻轻落在我头上

2015. 4. 9

酒　鬼

输光身家，他像只空空的酒瓶夜归
啪一个耳光，挨了婆娘的揍
狂笑怪叫如田间的鸱鸺
连月亮都卷起耳朵堵住骂咒

他用力推着西西弗的那块石头
赤着双脚在山里奔走
他流涎的嘴角比秧田还要浑浊
身子像村口的河流一样佝偻

他被儿女拴在废弃的马厩
是牵磨的驴，还是嶙峋的牛
只等倒地不起，就急急推入棺材
铲几铲黄土，再压上镇墓兽

待清明的暴雨冲走供奉的凉馐
槐树下聚满密谋的黄鼬
才知老天才是对手

是它造了人又造了酒

早知一日蜉蝣，何必输赢深究
他披发缄口，瞪着眼
仰望天上的星宿
嘴中泥烧光了肠中的劣酒

2015. 4. 14

流　浪

不要相信责任和边界，从来不晚
向骗子捐出所有财产来证明慷慨
从乞丐碗里夺回硬币来证明勇敢

出发，从侍奉的佛祖和天主跟前
用膝盖穿过沙漠、河床和冰川
用双臂走进陌生的人群学习拥抱

忘掉曾在舌尖滑出圆舞曲的语言
忘掉地图上从未抵达的大洲和大洋
从记忆之树垂下韵脚来丈量视线

在克洛诺斯吞掉初诞的婴儿之先
像忠诚巡游的行星公转一天
看看太阳的光芒，能折射多远

眼睛的使命是点亮另一双眼
手掌的使命是扶起另一双手

想想群星对我们的庇佑，还有山峦

远离母亲、孩子和狗，远离父亲的忠告
让窃贼偷走珠宝，让强盗夺取贞操
让海水盖过尖叫，让泪水
滑落在万里之外的爱人的枕角

而他在梦中张望，等你终将回到身旁
从不嫌弃，从未轻慢，年轻的心一如初恋
在大地生起篝火，用热唇亲吻你苍老的脸
直到你合上双眼，在他怀中含笑长眠

2015. 4. 18

匈　奴

帕米尔以东，玉门关以西
从塔克拉玛干沙漠到吐鲁番盆地
从伊犁到楼兰、于阗、龟兹
这些披发左衽的矮壮骑士
留着一小撮胡须和单只耳钉
踏踏踏奏响了西伯利亚的传说

敬畏于阿尔泰山的冰川和瀚海
他南方的身着霓裳的邻居，用双手高举
洁白无瑕的绸缎和比绸缎更柔软的女人
他西边的亚历山大的臣民
奉上用汗血酿成的宝马和葡萄酒
滋养戈壁滩上每一粒饥渴的沙子

流亡的夏桀终于可以瞑目
他的后裔一手紧握脉血，一手怀抱羊羔
做过商朝的混夷，周朝的猃狁
做过春秋的戎狄，战国的胡虏

中原从来不是家园，负重忍辱
只为了，被秦皇逐出河套后开始，注定的命运

那无所不知的萨满女巫
在日落尽头堆起熊熊篝火
以仲夏为约，以血盟为誓
以雄举的天父和雌伏的地母为证——
你们遭灾难，我就发笑
惊恐临到你们，我必嗤鼻

扔掉盾牌，用流星锤、弩机、鸣镝
猎取月氏王的首级，羞辱意味着胜利
头皮装饰马辔，头颅不妨用作酒器
割开爱妻的喉管，射穿父王的身体
闪耀在眼睛里的蓝色火焰
从阴山刺破长城
如一道闪电劈开未央宫
玷污了公主熟睡中的美好身子

皇上放下华丽丽的骈赋，含泪弃世
手忙脚乱的宦官以头抢地
青年的天子指天发誓
青年的郎官负命出使
嘚嘚嘚，哒哒哒
大宛、月氏、大夏，从北赶到南
焉耆、库车、葱岭，从东赶到西
博望侯空手而归，而脚下的道路由此凿空

云中、河西、漠北，生来就是战场
当深闺春梦的白骨填满赤裸的沙漠
当廿岁的骠骑将军解下盔甲和宝剑
以颤抖的双膝深深一拜
以敬畏的双手伸向浩瀚天际
他看到祭坛上空的新月
在狼居胥山顶
跟年轻的帝国一道冉冉升起

连夜遁逃的单于乘着浮槎，从此
隐没在鹰首狮身的格里芬浮雕里
他的身影远渡重洋，到高加索，到多瑙河
他的血肉流经大地，混入鲜卑，成了末代铁弗人
混入汉族，成了高颧深目的蒙古、突厥、契丹人
更多的改姓了呼延、独孤和宇文
还有姓刘的，姓金的，就在你家隔壁
谁知道他们会不会半夜梦见铁马冰河

羝羊未乳，胡人已除，文姬将还
当玉兔跑出蟾宫，以百米冲刺的速度
跃上遥远的贝加尔湖，将捷报传递
那披毡南望的牧人缓缓合上双眼
在他头顶，满月正以绝美的金色
画下一个伟大传说的圆圈

穹隆之下，大漠之上
在渐行渐远的马蹄声中

羌笛、青草、天狼星齐齐嘶鸣
悲声穿过乐府，穿过麒麟阁，穿过千年茂陵
久久回荡在，此刻空无一人的——
茫茫草原

2015. 4. 23

蝙 蝠

因无法抗拒地磁和树影
把高高的星空踩在脚下
用超声波，但不用眼睛
因为那太致命；用翅膀
从倒流的月色舞向精灵

2015. 4. 27

母亲的训诫

孩子，我的孩子
我已没有什么可以教你
我将你的摇篮置于瀑布之上
漂远点，再漂远点
忘掉名字，忘掉姓氏
忘掉叶脉流过指尖
你看玫瑰的枝梗满是棘刺
有朝一日你将从头上长出带刺的花冠
我将你的摇篮置于时光之上
飞远点，再飞远点
星空璀璨，群山奏鸣
一切早已准备停当
你看水酿成了酒，酒酿成了情
有朝一日你将在身上奏响古老的乐器

饮醉，和回头看你的男人彻夜饮醉
从此让时光停顿
尖叫，战栗，把那男人教予女人的

统统学会
流泪，呼唤，把那女人留住男人的
统统给予
把荆棘的尖矛刺向自己
把身体劈成两半
任他在灵魂深处，在最深处
播下亿万颗花神的种子
任你在灌木丛中，在烈焰中
怒放成一朵玫瑰
像年轻的母亲一样性感
湿润，微醺，摇曳在独一无二的荆棘之上
记住他才是属于你的
真正的摇篮

2015. 7. 8

致弗罗斯特

可亲还是可怖，你不会作出解释，
虽然用悲伤和理智，有人试图维护。
你在草地全然清醒，却不置一词，
那是俄国人的好意，而你不读评论。

从新英格兰的牧场，到旧英格兰的伦敦，
意志沿着抑扬声调向上行进，狡黠地颠覆。
以格律赢回战争，将死亡和祈祷深藏于
清教徒的面具，一如你出生前的弃世修女。

冰在火中燃烧，你深谙元音的舞步；
为苹果树说话，用长镰对着大地耳语。
黑暗和光明没有分别，以自然为师；
鸫鸟飞上指尖歌唱，认为你是一棵树。

从东向西的新大陆，仅用两倍于你的长度
向上帝实现了诺言。你用词语拓展疆土，

向未知献上已知的礼物，使后人免于奴役；

而你所要的加冕，只是林间的一株植物。

2015. 8. 1

致布罗茨基

曙光升起的刹那，
一颗灵魂已进入时间。
为记载你的启示，
红色、蓝色和白色覆上身体，
暗示了两种混血，
也彰显出海军的风范。
白桦林和冬天倒映在彼岸，
你成为自身的影子。

拜月亮之赐，一匹黑马
在夜的荒谬中找到骑手，
将衣钵双手交付，
隐忍迟早降临的荣耀。
为此你捂住胸口，
把圣彼得堡的寓言低低弹奏，
面朝两百年前的太阳，
以沉默，以骄傲。

借助韵脚的回响，
你将母语撒落如珍珠。
智识是全部遗产，
它像帝国的大理石一样冷峻。
借助希腊和罗马的手艺，
你成为巴别塔上的恒星，
永远地，冷冷地，
照耀那至爱的国度。

2015. 8. 3

致 W. H. 奥登

盎格鲁的铁匠关上铺子，
把最后一个韵脚投进火里。
因为嫉妒语言和它的朝圣者，
时间召唤死神转身，
黑暗中与你对视。
威斯敏斯特教堂的沉钟，
也无法产生与你同等的慷慨音色，
于是星斗排列成十四行哀歌，
月色中照见它在应许之地观礼。

凡人都有出处，
你来自乔叟的故土，
还有弥尔顿、华兹华斯。
周一到周六热爱尘世，
周日属于神明，
好像跟别的孩子没有不同。
只是当爱在祷词突然降临，
从城堡到废墟，从格林尼治，

你沿着大地的经纬腾空而起。
在过去和未来交替的时日，
你看到脚下有大群乌鸦在积聚。

当艾略特踏上甲板，
大西洋注定要交换一个祭司，
作为它私人的喝彩。
当海水汹涌着漫过荒原，
此岸和彼岸的学究们
用你的语言，在羊皮纸写下分水岭，
另一个帝国的脚步声已在北极圈响起，
历史拖长它的身影缓缓迁移。

你天性克制、疏离、不偏不倚，
使世人见识了真正的基督徒。
敬畏于神的风暴，在你弥留之地，
一个声音曾跪下双膝祈祷——
“我们与之搏斗的，何等渺小，

与我们搏斗的，大而无形”[1]。
为此你如鹰击长空，
在相对中寻找那绝对之物；
为此你用福音之诗，
在尘世建造了一座教堂。

2015. 8. 6

1. 引自里尔克诗《观看者》，杨武能译。

秋　虫

冒冒失失的蚯蚓离开泥土
还没几步就身陷囹圄
撒哈拉沙漠原来不在版图

金龟子从佛像身上跌落
一口吐出满腹经纶
涅槃在信徒鞋底

害怕五雷轰顶
蚊子来不及擦干凶器
就仓皇逃离犯罪现场

毛毛虫拼命踢腿抗议
不想从花里胡哨的城里
被押送回乡下终老

蜉蝣它衣冠楚楚
在《诗经》里留下三章遗书

才肯瞑目

只有蛐蛐满是勇气
弹起琴卖力求偶
惹落桂影簌簌

2015. 9. 20

秋　思

蒙昧而迅速，有如暴雨
当爱突然降临，年轻的我们
从不担心说出的话有任何差错
也不觉得想一个人是什么罪过
从不害怕自己的幼稚，也不敬畏于
对方的高深莫测
从未掂量过爱的可能性
也没想过世上会有不可能的爱

因为蔑视尘俗，因为放浪形骸
我们尚未蒙尘的双眼
总是在最不可能的人身上看到奇迹
在致命的离别中学习更为致命的吸引
在爱之上，必有更高的善意
不然人们为何成全，又为何放弃
在善之上，必有更高的旨意
不然人们为何沉默，又为何哭泣

在喜悦的泪水中，为相遇
为爱过，而深深感激

2015. 9. 20

秋　月

人们指着我，却没有看见我
你看见我，却没有将我指认
凝视，任斑驳打在赤裸的身上
一张被夏日灼伤过的脸
只有意志才能将它抚平
只有背叛才能得到救赎

壁立千仞，于无名的山冈
当光影终将形象埋葬
而在某个似曾相识的未来之季
刹那间，被满光照见五蕴
已分不清，峰峦是你的白发还是冷霜
也不追究，回声是得不到，还是已失去

返身，推开过去的山门
才看到，我站在这里
离人群越近，离你越远

离地面越远，离你越近

2015. 9. 23

海边的启程

自从你将我的恐惧夺去，我便不再哭泣
谁曾在深夜体验过那无望的热泪
谁就会真正唾弃它
谁曾被过去敲得粉身碎骨
谁就会伸出颤抖的双手拼接未来

哦，谁曾追求过另一条无限延展的海岸线
谁就会知道那潮水的回声
久久激荡在对面空旷的码头
通向你的船早已启程，我站在甲板之上
无人猜得出我的表情

2015. 10. 18

玫　瑰

——赠 W

第一枚松针落地
足以唤醒整个四季
终于开口说话——
如果没有爱过夏日
我将承受不住秋的肃杀

一种爱浇灌了我
一种爱经过了我
千万种爱里我只爱过两种
形而上，它们的名字叫——
已失去和得不到

一瞬就是永恒，永恒不过一瞬
除了你的眼睛
没有任何东西敢这样任性
然而时间偏爱一切任性之物
在盲目中，将眼前轻轻摆布

天空掉下飞鸟剥落的种子
我张开花瓣把你接住——此刻
若再不满足，还要等到何时

2015. 11. 1

六根（三首）

盲　者

闭上双眼
是为了洞烛幽暗
群星照亮你的容颜
比日月更为斑斓
奇迹浮现，在梦之深渊
我用双手摸到你的脸
犹如想象之境一样自然
这时我看见
火红的秋天向我跑来
自北而南

聋　者

听，世界如此安静
只有你的声音

轻轻滑过樱唇
咚咚叮叮，掉进我的眼睛
挥不去，你的娉婷
沉睡多年的心
因你而发出低鸣
指尖的竖琴从此苏醒
而你不知，我的爱情

哑　者

如何告诉你
我燃烧的痛苦和秘密
发生过的，我已忘记
正在发生的，从未解释
将要发生的，如果并不甜蜜
那么但愿你

像泪水一样仁慈
因为我无法告诉你
我燃烧的痛苦和秘密

2015. 10. 25

塞下曲

月黑雁飞高，单于夜遁逃。
欲将轻骑逐，大雪满弓刀。

——卢纶《塞下曲（其三）》

鸿雁翱翔于大漠之上
十个单于化作十道遁光
从云中到定襄，也曾百步穿杨
途穷的李广，弓刀早已尘封冰霜
休矣，且将白首祭了沙场
绝域苍茫，将军魂归何方
你发誓——
这骇人的头骨必将和月亮
照遍汉唐
手中之弦永远满张
一如死神黑色的翅膀

2015. 10. 28

蜡 烛

闯入黑暗的你的手
是我梦寐以求
灼灼燃烧的我的红字
是拒绝诉说真相的事实
还是保全爱之引信的忏祈
在分不清过去还是未来的某个夜里
你用烟蒂烫进我
因渴望而沦陷的酒窝
弹指间拉响引信
玉石焚成灰烬
只留下蜡封的沉默
久久弥漫在
水蛇般妖娆的青烟
而它洞若观火
从高高垂视的星座

2015. 11. 13

行　路

哪里有破碎的爱情
所有破碎的，都不是爱情
所有成全的，才是爱情
哪里有破碎的爱情

我舍弃爱情，当爱将我完整
然而有一种神秘，一种力量
召唤我穿经你浩瀚的心灵之境
——那里完全没有我

我所去路，正是来路
我所经处，繁星满布
我所爱物，身在泥土

冥冥中早已为我拣选你的心
穿经一条完全没有我的路
而我将大笑，甚至忘了揩去泪水

每一个打击都使我坚固

每一次失去都令我完整

我将与世人喜爱的可能性为敌

因为我在不可能之地

找到了最真实的你

2015. 12. 4

飞　鸟

——赠 W

我已飞越万重，
此刻收拢翅膀，
栖息于你的枝头。
当沉寂浮现，
星穹开始燃烧，
请听我为你歌唱——

我来自无名之乡，
前往无主之地，
偶然经过这三千森林，
独爱你深植大地，
傲立于万木之上，
冲破我俯瞰的视界，
直抵空境。

双翼瞬间下坠，
掉进你原本无情的冠盖，
以细爪拨开迷离，

也许是月影；

用红喙轻啄黝黑，

是树皮还是眼睛？

直到你因欢愉

而震颤全身，

将落叶

铺满旅人走过的冬夜，

而我纵身一跃，

消失在无涯之海。

2015. 12. 17

致母亲

女人燃烧的脸庞如太阳倒挂穹苍
男人黑色的剪影在青石板上撕开月光
亿万颗星星从天上掉到地上
催熟了秋后等待收割的稻浪

啼哭嘹亮，当意识开始升腾
女人用炊烟藏起孩子出走的翅膀
教他用双手捕捉流水的声音和形状
看四季如何在白桦树上把奇迹次第显现
用牛羊的语言，召唤它们从夕阳飞回村庄

哦童年，和野兽一起成长
在地母的怀里如山花绽放
如果人间也有天堂
那一定是母亲所在的地方
那一定是母亲所在的地方

2015. 12. 26

2016 年

瀑　布

太阳西沉，红晕是记忆遗忘的脸庞，
还是现实夺走的欲望？
如此惑蛊，如此恍惚，光和影的追逐中，
是谁的歌声在山谷回荡？

当我回望，有一种无法言说的美，
从忘川之畔流出，涌进整个眼睛。
你的长发又奇迹般倾泻而下，
在鹅卵石和黑藻中间，唤醒水蛇之吻。

向寥廓而清澈的夜空，致以礼赞，
将思念燃烧成一束，高高盛开的火焰。
在白而又白中，让春之种子飞溅于
因过分忠贞而渴求的大地。

然后你将赤身奔向远方，
一如每个年轻的浪子。

2016. 1. 3

悼亡狗（三首）

凡有生命，就有盼望。

因为活着的狗，比死了的狮子强。

——《传道书》

天狼——为一只马路上垂死的狗

蓝非蓝，红非红

今生不是人们看到的这般雷同

苦集灭道，胎卵湿化

来生也没有佛陀说的那样天花

我不相信三界四生五业六根

天道和人道，并不高贵多少

——我早就知道

我不指望人的怜悯慈悲

——不，绝不

他们甚至自相残杀，吃过同袍

我只相信亲眼所见，甚于一切经典
　　——母亲的血，孩子的脸
　　——蝴蝶飞过月下花前
不需要想象天堂
我只怀念走过的地方

当一阵战栗穿透所有意象
唯愿这无声的苍穹
托起我从未乞怜过的魂灵，向上
如宝石嵌入银河
闪烁来自祖先的星芒
满眼都是绿光

礼　赞

把无限放在掌心
把此刻交给永生

真理揭开神秘的面纱
事实把天真之眼擦亮
是你的沉默教会我一切语言的奥秘

忠诚是与生俱来的天赋
不曾倾诉你已全部了解
没有任何力量比单纯更为震撼
虚荣和骄傲，如果一度有过
你已献出生命将我启示

在你眼里我看到人的可笑
就连爱情也变得如此羞惭
当你在本能的原野上播种撒欢
尽享无所禁忌的狂喜和创造

记忆深处我曾见过如此原始的景象
在蛮荒尽头我和你一定早已血脉相连
通向天堂的路本该漫长但你一跃而过

在奔腾的生命之河里
再次看到你自由的意志
揭示真相后便决然而去
永不为世间的爱所束缚

招　魂

无私而慷慨，大雪覆盖
你的肉体成为回馈自然的礼物
蛇和鼠在身上跳舞
你的灵魂缠绕于生者的梦境
在我空荡的怀中沉睡

惊惧而深刻，有如铁蹄踏过
死亡是突如其来的暴力
谁能说服我：即便爱过就是永恒
永恒也无法取代因活着而拥有的刹那

我在你的眼里看到独一无二

忠诚而依恋，爱从不怀疑
牵引我，牵引我的手
在死亡的震撼中和你一道死亡
连同昨日埋葬在长满水草的忘川
然后见到你，欢乐而永生的精灵
如一团光扑向我，照亮通往彼岸的河床

2016. 1. 16

毒　蛇

有时我是巨蟒盘在情人滚烫而高耸的乳房
有时是蜥蜴断尾于绝望如同虚设的婚床
从伊甸园到巴比伦，已有的诱惑统统与我无关
烙印在眼底的森林和洞穴才是能容我只身滑翔的忆乡

千万个词语积蓄在赤红而有歧义的舌尖将你嘶嘶召唤
千万种毒液都将从我无鳞的坦荡中喷涌而出
浇灌你痛苦却必经的成长
是你的吟唱，是你薄纱中的形象，蜕下我所有伪装

为此我独自走过盲目且无声的大地
只有腹部知道你存在的方向
为此我游离现实，用绝无可能的想象
才能进入你狂野又迷醉的爱的天堂

2016. 1. 18

雪　人

不为希望而生
也不因欲望蒙尘
在这混沌未明的茫茫空境
是你给我漆黑的眼睛
和因受自然祝福而未经人世的洁白

当红唇出入在幻象和真实之间
惊骇的源泉从体内汹涌而出
弥漫过冠状的善恶之树
狡黠而不安的蛇果
在冰火撞击的枝头若隐若现
沿着肋骨和藤蔓的腰身
准确无误地滑向天堂

被爱如此短暂，而爱如此漫长
假如能找回树叶遮蔽
必定选择逃离
然而造物的恩情将我裸裎于静默如谜的冬季

听命于你翻云覆雨的手掌
任太阳在占有中销蚀所有形象
那创造的神也是毁灭的神

2016. 1. 23

秘　密

我不知嫉妒为何物
就算所爱枕在别人的乳房
你所耽恋者必将圆满你
生命的欢乐我唯愿你尽享

我不知痛苦为何物
因为所爱曾枕在我的乳房
耽恋我者必将圆满我
赤身裸体的秘密从此揭晓——

我们是自然的花蕾和根茎
大地是四时交欢的床笫
词语是从身体坠向心头的果实
有时是痛苦，有时是狂喜

2016. 2. 3

猫

你，诞于黑夜与白昼的精灵
古老家族的神秘使者
出身和荣耀，不比一只老鼠更重要
性欲和交配都源自本能
也许比人类宣称的爱情更合旨趣
缄默是与生俱来的修养
早已明了：太阳底下并无新事
连语言也是多余
既然有了谜样的眼睛
穿过我灰色的对峙和存在
看见折翼突然张开
死去的兄弟们在你身上复活
我的声音因此而无限温柔
唤醒已经失去和将要失去的所有
——我爱眼前这一个，胜过所有的每一个

2016. 2. 7

持镜的小孩

人生乃是一面镜子。
在镜子里认识自己，
我要称之为头等大事，
哪怕随后就离开人世。

——尼采《人生》

我生于此教，却在忤逆中
支起彼教的双耳

我寻找彼岸，却通过死者的双眼
看到自身所在的此岸

我举起斗瓢，却以双手舀向
浩荡之海，啜饮了酒神的源泉

我祷告一粒火种，却吻醒参天大树
摇曳于爱恋和婆娑之间

我追求全知而唯一的它，却像个舞者狂欢
流连于万花之花

我捕捉那一缕神奇的光线，却溯源而上
遨游在天真的花园

我出离于月中之身，却看到一个持镜的小孩
映照着与生俱来的名字

原来一切早已安排，恒星早已自转
在意志未成、混沌初开之际

2016. 2. 11

蜜　蜂

透过你的微翕
视线从未如此清晰
嗅到你的气息
灵魂在我体内捶击
古老的本能戛然扑翅
肉身因此而甘愿沉重
将向往的玫瑰天堂遗弃
以各种姿势
绕舞于慵倦而迷人的花瓣
刺入你神秘的核心
才知道——

我原为此而生
纵使你并非为我而开
劳碌的日子里
在你枝头学到的所有技艺
终将成为我关于春天的记忆
和甜蜜

你在毫无保留中献出自己
成为我今生的唯一
每一粒花粉
都是刹那的种子
也是繁衍千年的生息

哦，经由你的爱意
我已在世间见证了神迹

2016. 2. 22

亡灵的遗言

死神的翅膀正在欢腾，
尘世的罪和错全都清算在眼底。
这么说，时辰已至，
我平庸而德行有亏的一生。

双手敬向满月前的酒神，
赐予我勇气穿越最后一环未知。
对惊恐做个鬼脸，将长舌下的谜底
深藏于，一行无人知晓的祷文。

拿去，扔下蒙蔽双眼的黄金和白纸，
拿去，献上我纯洁而赤裸的羔羊之身，
闪开，这个最好也是最坏的脚下的世纪！

飞升中拥抱关怀我每个时刻的星辰，
真理的羽毛通过了此心的全部劳作和善意，
仁慈的上苍啊，愿你为每一个人开启希望之门！

2016. 2. 23

鹰翔的天空

——赠 W

鹰翔的天空，
你坠于忘海，
又飞升。

停一停！
可还认得
那绿得发狂的眼睛？
隐匿于这无人的陆地，
远离一切溺水的可能。

不曾言说，
我看到什么风景。
因为苔藓长满我的身体，
黑夜捂住了我的唇。
因为野兽造访过我，
在最深的梦境。

而我已不再是我，

也许是树，猫眼石，

或蚱蜢。

等你从沧海回翔，

再一次

坠入我绿得发狂的眼睛。

2016. 2. 26

狮　谜

爱无须寻觅，
因它从不隐遁。
我生而孤独，
因之深谙幸福。

接受一切空无，
才能洞悉爱的全部：
我即我的知己，
而你即是我。

人中的野兽，
穿过众妙之门！
合一中与我对视，
缪斯的谜底。

2016. 3. 3

潘　神

对你的占有如疆域扩张
侵略到人类的版图
踏着日月的战车穷兵黩武
只为你，为你誓将遗忘征服

时光倒满你曾经眩晕的酒窝
狂怒中我焚尽生灵——
谁偕老了我要的那一个？
可足迹早已消逝，你，如此轻盈

穿过荒漠，穿过孤岛
你横亘在葡萄藤中
成为我无法越过的芦苇荡
半人半兽的诅咒，原已注定

去吧，喝下勒忒之泉
掩起丑陋的羊脸，回到原野

只有牧笛吹落

这燃烧尘世的灰烬

2016. 3. 8

黑色的火光

——忆祖母

黑色的火光蹿起
在纸上
重新定义——
为未知的物
为太阳底下的新事
为爱，和绝望

从词语之河航向命运之海
迎上巨浪
用礁石刺入胸膛
在心之泣血中尖叫——
将生的感觉
飞溅到死者未瞑的裸眼

沉浮，沉浮
海平面横了又竖
一朵花的名字显现——
在天狼星

在记忆的国度
在结痂、紧闭的唇

2016. 3. 9

小夜曲

醉了醉了
圆月绽放于夜之苍穹
律动的地脉上有银色奔腾
蛮荒中山和水紧紧相拥
灰烬里草和木齐齐复萌
雄蕊的龙舌兰拨弄起曼陀铃
凤凰也沉酣于百鸟的和声
醉了醉了
成对的万物已经酩酊
双双凝视秋水中战栗的倒影
一圈圈荡漾如酒的猩红
眼眸里含羞草轻轻张开又合拢
过去和未来都向视线之外飞升
沉甸甸的形象压住一个低音
醉了醉了

2016. 3. 27

芭蕾舞

镜子突然融化
因为涟漪
一串音符踮起脚尖
沿五线跃向湖面
弥漫过鸦雀的喝彩
在你耳畔
如竖琴将自身引燃

当微澜止于瞬盼
委身天鹅的女孩
遁入空间
连倒影也将消失在幻象中
这时一道闪电
从无形涌向指尖
带来水晶折射的白光

2016. 4. 3

我喜爱

——赠 R

我喜爱一切抵达你的方式
穿过颠覆的戒律
穿过未知的恒星
我要抵达你所在的极光

我喜爱数学的运算符号
用原点、轴线和坐标
我在宇宙找到爱的位置
小得刚好容下我和你

我喜爱造物主的公平
给每个人种下善意和恶意
因此我不必为自己的过失愧疚太多
也不必，追究别人的过失

我喜爱朝我走来的每个韵脚
一如我想起你的每个瞬间
当字母和方块开始起伏

我知道，这来自你的心跳

我喜爱把每个字眼擦得
如你年老的眼睛一样锃亮
只有这样才能让你看清楚我
是否还是初恋的模样

我喜爱每个遇到的路人
国王、乞丐，老妇、孩子
因为他们都是我，我都是他们
而你视我如一，从未将我放弃

我喜爱每个不可能的梦境
事实上梦总是可能的，只是相信的人太少
我不知道要那么多现实做什么
如果不是为了做梦

我喜爱变幻事物的各种形状

折成闪电，或横过海岸线
而你总是能找到我，哪怕在灰烬里
哪怕没有任何形状，只是呼吸

我喜爱失去如同得到
喜爱跟你生活在同一个世纪
喜爱在这片土地听到你的回声
——永远沉默，却无处不在

2016. 4. 4

射手座

没有什么需要容忍
既然一切终将发生
时间架在我的脖颈
沉默之墙满是虚度的阴影

射向盲目的箭矢
射中了无辜的心
跌落云端我从未如此真实
凭空而结种子突然成形

谁也不知道这流弹来自哪里
裂开了自身又向无限飞迸
也许是脱轨的陨石不再计时
也许是该发生的都已发生

2016. 4. 12

鹞　鹰

猎手在高处屏息
厌倦了尘世的游戏和追逐
你从参宿推开商宿
用紫外线
盖住腰带上最亮的星芒
银河不再璀璨
却依然崇高
遥望的人儿热泪盈眶
因置身黑暗而变得坚强

猎手的利剑再未脱鞘
可一到夜晚
你不安的蓝影就俯冲而下
穿过光年
扑向属于你的猎物
用铁爪攫住身体
将我撕个粉碎

哦这一刻我看见了你

鹞鹰的火眼和钩鼻

2016. 4. 26

云中雀

从一道金光跃出，
你披着自然赋予的行装，
在蓝色尽头翱翔。
你从天空的眼眸飞向我，
每一次鼓翼都来自勇气。
你将为我停留，还是为你？
而你满不在乎，
既然追逐的心已经因光而折服。

飞越悬崖，飞越山川，
你将筑巢的石子负在羽翼之上，
这是天上通往人间的信物，
你对地面行走的物种做过观测。
借助重力和加速度，
你以迅疾的姿态笔直下坠，
穿经风暴的磁场，
落在合掌的树冠轻轻歌唱。

词语的森林你如幽灵存在，
我听见你的声音却找不到你的身影，
每一瞬都回眸太晚，
唯有留白布满我幽暗的内心。
光线在还原负片的色彩，
也许某个绚丽的夜晚，
你真实的形象终将显现，
和我一道，飞向未知的大海。

2016. 5. 4

一棵树

我久久盯着你看，
直到你的枝丫穿透瞳孔，
在我颤抖的心里扎根。
我柔声对你说话，
直到汹涌的雨季将所有独白冲走，
我庆幸你没有听到。

我久久盯着你看，
你赤裸黝黑的形状是完美本身。
为了赞美你，
多少画家发了疯，
多少女人将无花果的叶子扯落，
而你无动于衷。

我久久盯着你看，
直到你滚烫的绿色在我血管里流淌，
直到我成为你的同类，
直到夜莺飞上我盛开的树冠歌唱。

她唱道——

“绝对的专注即是祈祷。”[1]

2016. 5. 10

1. 法国哲学家西蒙娜·薇依语。

一片叶

——为植物达人训练营作

我观察过你的模样
锯齿、披针、椭圆，还有心形
追逐过你的光影
紫色、红色、白色，有时是彩虹
倾听过你的奏鸣
交响、幻想，甚至狂想
深爱过其中一片，也许两片
然后在你和森林之间
找到了联系

2016. 5. 13

蝶恋花

林间有歌声飘过
你在如酒的长夜翻飞
从这朵扑向那朵

你用一万只眼
采过一万朵花
直到她打开自身将你拥抱

哦这黑白的世界
她是你眼中绚烂的存在
你是她头顶旋转的天堂

2016. 5. 17

野孩子

肉体是最高的自白
是最忠诚也是最放荡的精神
是先于属灵的存在
当他从黑森林中惊醒
超越了兽性和文明
意识到自身因被彻底接纳
而得以回归太初
他狂喜的战栗将粉碎一切障碍
以丘比特之箭
射向一团燃烧的星云
这是生命的源起

2016. 5. 28

月光曲

蒹葭苍苍，白露为霜。所谓伊人，在水一方。
溯洄从之，道阻且长。溯游从之，宛在水中央。
——《诗经·蒹葭》

蟋蟀在堂屋用细腿轻弹月光
大头蚁沿裤管一路向上一路哼唱
凤蝶扑棱着翅膀一遍遍滑翔滑翔

万籁俱寂，夜晚何其美妙
我的心弦因你而同谐共振
失去一切才重见你温柔的脸庞
早已和明月映照在逝水中央

当我循着歌声溯洄而上
一片白雾从前方道路升起
渗进我鬓角渐染的缕缕风霜

2016. 5. 29

凤凰木

闭上眼睛
闭上你的眼睛
墨绿的睫毛正从天空垂下
覆盖缓缓流进的现象
无数射线拖着飞凰长长的羽尾
坠入火红的丹凤之冠

一个瞬间在瞳孔扩大
穿透虹膜和晶体
沿着变形的树状神经
以电光石火
冲向眼底深不可测的巅峰
连余生的整个视野都为之改变

2016. 6. 10

阿 Q 之死

荒芜的黄昏恍恍惚惚
看客们踮着脚尖伸长脖子
那可笑的人儿刚画完圆圈
一团红色就溅上了城门
女人们嘁嘁喳喳
有的说是日头，有的说是人头
太阳，太阳怎么会有辫子？
赵家的狗叫了
为活着悲哀，还是欢呼
来不及伸直脊梁便已蹬腿死去
索性变成了白骨
这遭罪的日子总算结束

2016. 6. 11

日与月（二首）

一

当我抵达，你已离开
只有群山为我指引视线
你在喑哑之地燃烧自身
任能量在黑夜白白流逝

我目睹你与日俱增的爱意
赞许你为苍穹，而非为我
信守的责任和诺言
那是更高更普遍的存在

时间以它的诡辩将空间改变
我深信你带来的圆满
在接受残缺的真相之后
在你无常、旦夕的阴晴之间

二

当你抵达，我已离开
只有群鸥为我恋恋徘徊
无法直视你善睐的明眸
晚霞泄露了这颗炽热的心

日出而作，日落而息
苍穹之下是我亘古的职责
目睹了多少离合悲欢
唯有时间是我忠诚的信念

注定要辜负你的皎洁
除非沧海变成桑田
除非高山夷为平原
除非天地合拢成混元

我将以烈焰，以同心圆
滚向你等待万年的怀抱

2016. 6. 20

蜗　牛

行走在田间
在雨后的苔藓
在叶脉边缘
立足于露珠之上
背负起整个家园
时间顺着某种公式赋予我
数学般抽象的螺旋

以永恒的耐心
蜿蜒过每一条曲线
用触觉探测到你的垂涎
潮汐此起彼伏
吹响了两支号角
以恋爱之矢
履行物种的使命
我们是异性也是同性
是父亲也是母亲

2016. 6. 25

圆舞曲

今夜，你毫不谨慎的舞步
轻而易举就将我俘虏
我燃烧的血液在足尖升腾
你裙裾上点缀的繁花对我就是星辰

哦，这酽酽如酒的红唇
吟唱过无数背叛和忠诚
此刻它是无声的小号将我烧焚
纵使我精通音律也未能将它听懂

哦，这修长的蛾眉勾走我的魂
这曼妙的身姿摇成一团火
此刻你若是蛇蝎我也会把你吞
吞下你在我痉挛、濒死的腹中

2016. 7. 3

幻想曲

当我触及你的灵魂
你的影子突然转身
当你捕捉我的双唇
我听到你缥缈的歌声

为你所获也为你放逐
空白之页是我未知的征途
你的意念在何处蛰伏
只有词语是我的猎捕

在你回眸的短短一瞬
我已弹指过百万个须臾
从你刹那裸露的词根
进入我寂静深处的永恒

2016. 7. 7

蜉　蝣

比谁都短暂的一生
才懂得领略七月
流火的成熟和美妙
当神的旨意在午后
把我嗡嗡召唤
盛大的舞会就要来到
所有雌性都将因我而受孕

挺着胯间的骄傲
从这一个冲刺到下一个
谁说爱需要忠诚
既然死亡是必臻的终点
狂欢中我已完成了使命
你脱翅之际
便是我倒地之时

2016. 7. 15

雨　燕

翱翔在天空的尽头，我看到
隐没的地平线，那是语言的界限
界限之内，是我无法言说的自身
一生和寂静同在
界限之外，是我无法抵达的浩瀚
远在我说出你的名字之前

我从不落地的羽翼触碰了禁忌
你巨大的能量腾空而起
一道闪电贯穿了韵律
我的心与焚毁的石头何异
在狂舞中化作雨的精魂
落在你无限延展的时空里

2016. 7. 17

时　间

从此岸出发
在彼岸落脚
跳动的脉搏之上
是你永不停歇的步伐
任太阳因追求无望
而变得日日疯狂

比光阴更快
比晷影更长
相对论的世界里
你是绝对公正的君王
连死神都承认
对每个人的期限
你了如指掌

以此时为原点
以此刻为经线
你是无穷小的指针

也是无穷大的象征
你是万物的尺度本身
用铁了心的秤砣
坠入深渊
冷冷地，摇摆在
或此或彼的轮回之间

2016. 7. 20

爱之禅

把死者送上天堂
将生者罚入地狱
当阴和阳在此刻相遇
内在的你因觉醒而张望

化身万物却归于太一
无从捕捉你的形象和信仰
泽被四表的光芒
连善恶之树也无法遮挡

起于瞬念却不止于眷恋
不拘形式也不立文字
打破一切教条才知
所有宗教都只是爱的嬗变

2016. 8. 17

东南亚之行（二首）

一

遁入地图之下
让整个岛屿在身上滋长
黑色是我的伪装
等你渴求的双唇俯向水面
我将张开金色的翅膀
用美杜莎的头发将你死死缠绕
直到你的心烧成石头
与我长眠于波涛汹涌的海床

二

裸露的海岸线比想象更加遥远
苏门答腊的宝藏比海市蜃楼更加明亮
水手们扔下瓜皮小帽
咿咿呀呀

群鸟在黑压压的热带季风中盘旋
俯瞰一场漂泊的终点
哭号着，连同太阳坠入冥间
眼镜王蛇盘踞在群山之巅
向着宇宙之王祷告——
一切归于虚无

2016. 8. 19

小　丑

暹罗湾的热浪熔化了我
白色的鼻子，
硅胶的乳房
和
黑色的阳具。
喉结出卖了我，
我痛恨这一点。

我是——
我是被黑夜剜掉泪水的眼睛，
标价二十到二百不等。
当身体掏空，
面具替我含笑，
训练有素。

我不知悲伤为何物，
也没听说过
索多玛的罪恶。

我只是站成了盐柱。

佛祖？

如果有他，

哪会有我？

2016. 8. 20

竹里馆

——赠姐姐

独坐幽篁里，弹琴复长啸。
深林人不知，明月来相照。

——王维《竹里馆》

庄子和六祖的门徒
你知道现世注定是个败局
而来世从来不会让人满意
于是早早选择了放弃
用拂尘把月亮和鸟扫到天上
再捡起石块，把仆人和狗赶出门外
你将目光投向窗前的一格竹子

是幡动还是风动，你的心
从未停止辩论
当月光缓缓吹落焚香
你觉得那翩跹的流离似曾相识
是雪竹还是墨竹，而影子

照进你面向的石壁
当暮钟在你轻拨的古琴里响起

2016. 8. 22

咏　瓷

需要足够的强度才能穿透时空
于是你从火中诞生，又跌向水中
于是你供子子孙孙永远宝用，又甘愿被弃于乱坟
破碎还是完整，你从不怜惜自身

你听见马蹄从头顶踏过了江山，冰裂的花纹
缠绕在永恒的枝头完好无损
你说这里的鸳鸯，比制造你的男人和女人久远
那更高、更深的爱使你幸存

一再地，以拜物教的虔诚
以沉默的工艺，将你拉出虚空细细雕琢
一再地，从所爱之处隐匿，从隐秘之眼舀出欢喜
将满腔热情注入自然赋予你的形体

啊，既真又美的你！谁若得了你的启示
谁便如处子，回到了造就他的泥土

2016. 8. 29

幽　会

从腹腔她迅速调整了音高
好让这嘹亮冲破云霄
抵达你所在的林梢，这是到来的暗号
你内在的听力一如既往
认出一种鸟叫，如此欢快又如此骄傲
跟任何声音都不会混淆

瞧，这新生而绚烂的羽冠，甚至盖过了太阳
她热情、鼓张的翅膀招来了风暴
天空因裂开而摇摇晃晃
大地倾斜，道路四下逃散
向日葵胡乱指着方向
她截住一道最亮的光芒，朝着你奋力向前

哦不——你目睹这景象而在心底喊叫
但已来不及——她来不及抵达你的胸膛

2016. 8. 31

秋日私语

那么，该创造多少个来象征你
在你移步换形的日子
在九月的降临
我已经知道没有答案
没有——或者无数个

既然学会了凝视
我把目光越过渐染的层林
绝口不提那个盛夏
或更远的季节
隐喻和俏皮也不再重要
所有用过的字眼都要小心回避

词语在缓慢生长
攀缘过每一条裂缝
沿着葡萄藤圈成的饱满
汲取你根茎的甜蜜而向外绽放
芟刈了杂草，铁树才能开花

在自性的阴凉之中酣眠

这需要一点时间

2016. 9. 3

致父亲

从脐带扎进根系，在
以你冠名的渴血之树上，
象形之符突然说话——
ba-aa-ba，ba-ba，
一团粉红以爆破的重音冲向你，
无论你有没有准备好，哪怕永远没有。
语言跟自然订下了死契，
来自野兽的启示，
给每一个孩子会飞的翅膀，和
可以回归的巢，
从每一个你身上。

从每一个你身上，
把最珍贵的种子连着血和肉拱手交出，
然后沉默成一块石头，被你所造之物
——也是造你之物——全然剥夺，
落在了超出自身理解的范畴，
被命名却常常不知含义。

——然而神爱你，
神在最难的地方开示，
说那人是我的孩子，
通过他，我才赋予了你；
通过他，你才能返回我，
你必爱他如我爱你，用你自己的方式
——哪怕将他连根拔起。

2016. 9. 5

爱和恨

爱和恨
是世间的两个车轮，
碾过生之甬道向着必死冲刺。
狂喜来临时他说——
哦爱啊，这就是爱。
而她甚至无法别过脸去，
说，不要碰我。

爱和恨
是因果也是悖论，
这日复一日的主题纯属无稽。
哦爱人，张开双手来祈祷吧，
不要合十。让一枚钉子
穿透我也穿透你，
让自我粉身碎骨，而灵魂
在战栗中静止，
没有悲也没有喜。

2016. 9. 6

你心中的猛虎

我在人群中的日子
如此糟糕
——但我甘愿如此
我甘愿
被诗，被歌，被所爱之物

毁掉我所有白天和夜晚
我甘愿
让点亮瞬间的激情之焰
烧光我所有记忆
——这完全无用的财产

我甘愿走向悬崖
跳下深渊
跟狼和鹰一起生活
没有过去也没有未来
只有现在

我是人中的野兽
我是你心中的猛虎
在荒凉的彼岸久久长嗥
我不会再问——
你是否听到

2016. 9. 22

活着并且创造

经历多少过去才能将你遗忘
唯有遗忘才能战胜绝望
我在骨头刻下心灵的真相
——活着，并且创造

在世一天就要遗忘一天
我扳着十个指头痛哭
三百六十五个夜晚
——这样漫长

我把头埋进命运织就的纺线
走过了没有你的一生
——每一个针脚都属于我
完完全全

2016. 9. 29

擦肩而过的弦月

这份爱充满了欢愉
通过你深情的歌声和旋律
通过你慷慨的礼物
擦肩而过的弦月又挂在秋的窗前
这份爱圆了又缺，缺了又圆
啊，飞过多少里数
才能与你重逢在光影深处

或许这心的灵犀
早已翱翔在云霄之巅
将你我的愿望看穿
擦肩而过的弦月又挂在秋的窗前
这份爱并不比另一份更少，或者更多
每一份都不曾圆满
却付出了全部

2016. 10. 10

建筑工地

二十一世纪
十字架布满无神的国度
六英尺下
人以他自身
筑起城市的墓碑
铁锹和他的胯下之物
因发烫而饱含激情
他以力士的双手凿开大地
从地球那端
撬起一个初升的太阳

2016. 11. 13

太虚之境

是谁划着醉舟
朝彼岸又送了一程
是生的眷顾
还是死的安排
要万物尝尽太阳的滋味
鸟和树互为歌声
光和影总是交织
水愿意赋形成任意之物
起风了，石突然点头
一跃而起
飘浮在太虚之中

2016. 11. 15

石头剪子布

要赞美伟大的游戏精神！
我全靠运气走到了这一步，
——石头剪子布。

不管什么都拿来赌一赌，
只要游戏不要算计，
棋逢对手，有谁在乎结局？

我孤注一掷，每一次都是赌输，
只因我比赢家天性慷慨。
我任性，只因我深信
输赢无关宏旨。

我押上全部身家，
用一生赌过
百万分之一的概率。
我觉得这，好过三分之一的胜算。

2016. 11. 24

十一月组诗（四首）

一

你问我来自哪里
前往何方
我说我来自你的目光
前往你的故地
我是静止的弓
也是那呼啸的箭
穿过善恶的界限
把四声之弦轻轻拨响

以狂野的心
我委身于你贞洁的灵魂
从不祈求也从不满足
拒绝背叛也拒绝忠诚
对你的热爱
是我全部道德
你绝对的快乐
即是我自由的本质

二

诗不是语言
是语言的内涵
穿透锯齿状的密林
把创世之光普照大地
是想象的翅膀越过高墙
和冥想浑然一体
说吧，说出爱的语言
诗人和疯子

相信不可见之物
习惯于孤独
擅长沉默
懂得鸟兽的语言
居住于时间和光线的交界
逆流而上
像石头一样无动于衷
却在火中升腾

三

导航不再需要
来自鸟类的本能
我的视野如此清晰
从此到彼的距离
没有捷径也没有弯路
我用最短的直线
画了最大的圆圈
穿过一道窄门
抵达你的世界
全然敞开

我冷冷的锋芒
一再扑灭你燃烧的火焰
我不可见的灵魂
注定与孤独为伴
以抽象的旋律

狂舞在形而上的空间
他视你，一个外来者
为天然的敌人
谨防我爱你甚于爱他

四

凡事都要亲眼求证
你的视线越过日常的界限
落在每一种不可见之物上
神性是它们的统称
你并不当真
物类却熊熊燃烧
听从你的召唤而手舞足蹈

抑制住无数次回头的冲动
过去的汗水和泪水

全都浇筑成铁的事实
失去还是得到
个人的历史无关紧要
就这样思接千载
你瞬息已视通万里

2016. 11. 25

写给孩子的人称代词

——赠 P

通过他和她的结合
你从亿万种偶然中胜出
成为独一无二的必然
你和自然界的同类
——动物，植物，无生命之物
统称为没有性别的它

从被选中的那一刻起
凡所处之境都由你而造
父和母因你才成为事实
你被赋予生儿育女的可能
你将使单数成为复数
使人成为无穷的人们

绝对的同义反复
就在你相对的时空观中
你迟早会直面
每个人生而拥有的唯一存在

对应你指向的第一个单词
——我

2016. 12. 11

一个老妇的临终告白

年轻的荒唐无人知晓，
如今我子孙满堂。
都说我是人生的赢家，
但老天，没有一个是我要的，
没有一张面孔像他。

哦老天，你对我做了什么，
让我早已死去的心跳到了这一刻？
年轻的荒唐只有你知道，
只有你知道他去了哪里，
只有你让我度过了这样孤独的一生。

2016. 12. 13

一个老人的临终告白

或早或晚，每个人都要面临
这一时刻的惊醒——
太阳终于落下了山顶，
啊，用尽了光阴，
来赦免一生的阴影。

啊，苍老的心，
再也没有什么可以逃避，
我冰冷如同自身的一面镜子，
从未如此清醒，
也从未如此庆幸。

2016. 12. 19

2017年

灵和肉

经过千万次的回眸
光和影的交错中
是命运的偶然
把我推向你的必然

别无选择
深渊之上是你我
紧紧相拥的身体
如磐石一般坚定

而心灵
在最高的尽头翱翔
自由而轻盈
不臣服于任何一种爱情

2017. 2. 4

浪　子

我像云一样游荡
整个世界是我的故乡
夜里我醉倒在情人的怀中
有时我只是错认了母亲的乳房

年轻时我也写过一些诗章
关于我的梦想和梦想的女郎
后来我烧掉我的诗章
当她一把青春烧掉了我的梦想

如今我把狗留给孩子
把孩子留给老人
我宁可跟我的影子为伴
也不接受世间任何形式的约定

2017. 2. 5

花非花

这朵花（也许并不是花）
开在无人的旷野
各种文字的百科全书
还没收录这个词条
她不属于任何科或任何目
她也不知道自己有什么特别

我从野外飞奔回来
涨红了脸
急切地向没有见过的人
描述她的美丽
用一朵花的语言
而见过的人
用手指抚过我的唇间，说
嘘——

2017. 3. 2

我尝过了人性的滋味

夕阳献出了足够多的黄金，
河流满载着沉重的光阴，
从窗前缓缓流过。金色的时光
凝聚在我尖锐的笔端，
我捕捉过一二个瞬间，
把心钉在了纸上，激情四溅。

仔细打量那模糊不堪的心，
像画家描摹它的形状。
要冷酷，不动声色，
仿佛那心不是自己的。
为了这门心灵的手艺，
还要吞噬它，咀嚼它的味道，
然后从一张张纸片中抬起头来，说：
我尝过了人性的滋味。

2017. 4. 30

这不过是一场游戏

我毫无目的地砌牌，
又随心所欲地洗牌，
这不过是一场游戏。
有时是男人和女人的游戏，
有时是别的，这没什么不同。
就算换个客人，坐下吧，
陪我玩会魔术，让我用词语
制造出催眠的假象。

我经历的很少，感受的却很多，
我坐在我的窗前打量世界，
这不过是一场游戏。
我不懂得如何取悦生活，
生活也不曾取悦我。
对此我表示满意，
没有奇迹，却还算公平。
一张白纸记录我的生命，

一阵风将它吹得干干净净。

2017. 4. 30

禁果之夜

迷乱始于禁果之夜，
我们在无人的野地相互缠绕，
黑色的葡萄藤从园子垂下，
你乱蓬蓬的头发枕在了乐土。

好奇的星星靠得太近，
一弯新月掉进你的眉心，
最后一盏灯火灭了，
我说你的眸子照亮了黑暗。

第一口苹果噙在你嘴里，
魔鬼的蛇钻入我两腿之间，
我们惊异着，瞪着双眼
见证了创世纪的仪式
——上帝原来这样大胆。

一笔勾销，这禁果的夜晚
谁也不许想起。如今我颠沛流离，

你的眸子早已看尽了灯火，
月牙如同唇间勾过的小指，
我们在世上互不相认。

2017. 5. 2

五月即景

五月的暴雨冲走了整个花季，
那目睹过太多消逝的人心，
如果不在此地，也将在别地
把眼前的变幻经历。
什么都不能留住，但是——

生有时，死有时，
是谁养活了天上的飞鸟，
为庆祝世上的每一个时辰，
她矫健的身姿穿过一个又一个落日，
从不担忧明天的粮食。

是谁把星星撒向大海，
又在群山中裁出一轮明月，
以永恒的爱垂照这无常却不朽的人间。
斗转星移，是谁赋予我朝朝和暮暮，
又让我赤着双脚走过了正午？

2017. 5. 12

为什么要写诗

为了收服心中的野马，
应许她一片虚无和真实之间的荒原，
让她带着我，冲破光阴的羁绊，
冲破重重现象，
从世界中央飞驰而过。

整个时代汹涌着往后，
大海也让出道路，
新世纪的地平线就要出现。
而我目光如炬，放开缰绳，
向着荒原尽头冲刺——

驾——，在你心头，
留下一行深深的蹄印。

2017. 11. 17

古寺即景

——赠 R

你在哭，你说你焚烧了你自己。

但你可曾想过，谁不是烟雾缭绕？

——鲁米

十二月的雪还没有封住此山，

十一月的雨打湿了蒲团。

伽蓝七堂前，菩提树绿了又落了，

一只黑鸟掠过湖面，

钟声袅袅，

荡出一个未完的年轮。

年复一年，你的头发白了，

我的青丝也飘零在风雨之中。

舍利塔下，

仿佛听见你无声的召唤，我停下脚步

向着远山回眸，

只见寒烟从一眼古井里升起，

顿时氤氲弥漫，

笼罩了整个深秋。

2017. 11. 19

内心的蛇

首先，我们必须爱上一个人，
才能学会可怕的失去。
必须跟另一个融为一体，
打碎她的自我，
冲破她的敏感和自尊，
把尖锐的榫子
钉入她最为羞耻的内部，
用致命的毒液
让泪水和痛楚在爱的注视中决堤，
绝不能留有余地。

然后，才能将过去的节节瘢痕
嫁接给对方，
才能学会可怕的失去，
才能剥下面具，
在抛弃所爱的那一刻，
抛弃了被爱的自我。
犹如蛇蜕去它斑驳、无用的死皮，

昂首滑向荆棘丛生的存在之原，
没有一丝犹豫。

2017. 11. 24

尤三姐的告别

鸳鸯刀刎过我美丽的头颈，
只有你的深情能够抚平。
比刀更锋利的长舌玷污了我的名声，
只有我殷红的鲜血能够冲洗。
石狮子不比我的身子干净，
你的铁石心肠不会比我的刀子坚硬。
烟熏火燎的日子不属于我，
你将去的寺庙也不是我的净土。

哦爱人，我宁愿委身于这离别的瞬间，
让悔恨的铅水灌满你六尺身躯，
连一生的忏悔也无法减轻
你此刻的负重。而我化作一缕轻烟，
在世人的惊愕和叹惋中，
在红楼，一次又一次复活。

2017. 11. 29

2018 年

冬日印象

诸神已经远离，
而我仍在这里。
带着酒后懒洋洋的清醒，
向这个世界投去漠然的一瞥。
一张经过现实折射而扭曲的脸，
嘴角挂着永远的嘲弄，
我对她报以同样的微笑，吐了口烟圈。

桌前凌乱的稿纸
铺在梧桐叶上沙沙作响。
蓝色的布鲁斯[1]，黑色的烟嗓，
突然一滴雨用它全部的力量
划过透明玻璃，
顺着远处破败的秃枝，歪歪扭扭，
消失在行人急促的脚步声中。

---

1. 布鲁斯：Blues，又译为蓝色音调，即蓝调，美国流行音乐形式。

哦斑驳的冬日，无穷的镜像！
纵使诸神离我而去，
我依然活在其创造的世界里，
走不出这重重的迷宫。
而天色已经昏暗，
一盏人造的水晶吊灯
发出数倍于月亮的光芒，
瞬间盖过了想象。

2018. 1. 4

镜　子

无疑，没有什么比你更细腻，忠实，
而且深不可测，令人着迷。
在你透明的湖泊，
那喀索斯的水仙从不凋零，
粼粼的波光永远平静。
人类所有的面孔俯向你——
那里空无一物，没有更好的自己。

你总是微笑，有时哭泣，
却从来置身事外。只要存在形体，
每一件事物都得到你的响应，
没有什么能逃过你的眼睛。
杀人者和被杀的人，
都曾与你四目对视，
而你一视同仁，守口如瓶。

你是白日里悬浮在空中的梦境，
没有阳光也没有阴影，

你的体内只有永恒的自性，
来自神明。少数人得到启示，
惊骇中摔碎了你，
多数人在你粼粼的波光中，
找到了一生的墓地。

2018. 1. 7

爱过之后

爱过之后，旋转的地平线回到了地面，
出窍的灵魂找到了肉身，
一道从头顶劈开的闪电在脚下愈合，
一团丧失理智的怒火领悟了哲学。

爱过之后，一个人走在另一个人扬起的灰烬上，
无论去哪都不再带着火星，
无论是谁都看不出剖开过的胸膛，然而心
挣脱了躯壳，变得如此大又无迹可寻。

2018. 4. 27

春天的邂逅

春天在我身后呼喊
你的名字，
河流是长长的回声
绕过了山脉。

我站在春天看着
你的头发，
盛开得那么浓，
连三月的阳光都不够用。

走过你的身边，
下一次再也不会走过，
于是春天在我身后呼喊
你的名字。

2018. 4. 28

守夜人的脚步近了

嘀嗒嘀嗒——守夜人的脚步近了，
他将二十四小时交到我手里。
时针，分针，秒针，
戴着沉重的镣铐，黄金做的。

打碎黄金，打碎十指的枷锁，
用鹅毛笔从虚空汲取真实，
通过错误来追求真理，
虽然常常是反其道而行之。

嘀嗒嘀嗒——守夜人的脚步近了，
时间的马蹄呼啸而过，
我的人生在指尖纷纷落下。

2018. 4. 29

流浪的狗

流浪的狗穿过村庄，
尽头是空荡荡的坟场。
而狼性在体内撕咬，
人类腐烂的气味令它发狂。

是什么在白骨堆里怒放，
流浪的狗想起另一个地方——
那里有薄荷、薰衣草和迷迭香，
还有卷烟点燃后指尖淡淡的味道。

磷火中有张脸突然哧哧地笑，
流浪的狗认出死神邪魅的形状。
一枚尖石击中它的哀嚎，
一根骨头扔进黑色的灶膛。

2018. 5. 1

你所爱的事物

——赠 X

橘子带来了甜蜜，
面包意味着芬芳，
春天斟满她最后一杯果汁，
餐桌上铺满了碎金。

一扇红色的门流进了阳光，
阴影一步步远离，
你和你不能自主的梦想
终于融为了一体。

五月的时候你会醒来，
蔷薇和金银花知道你的消息，
一阵微风吹过，
你所爱的事物都在生命中盛开。

2018. 5. 2

瞎　子

——悼亡舅

一道闪电刺穿我的瞳孔，
日和月割下明晃晃的头颅。
众神毁灭的一瞬啊，
我看见一个人的命运深陷于空洞。

寂静是野兽的森林，
咆哮的心失去了缰绳。
无人能够踏上我的领地，
从东到西，指南针统统找不到北。

啊，他人的怜悯与我何干？
我不愿再对视任何一种眼神。
直到死神射出他的利箭，
将我残缺的人生变得如此完整。

2018. 5. 3

长舌妇

我吞下一条毒蛇，
拥有了蛇的身形和本性。
捕风捉影是我的使命，
分叉的芯子比谶言还要灵敏。

我懂得腹语的艺术，
猜忌和恶意最容易播种，
它产下更多的蛇，
穴居在每个不信的灵魂。

谎话是缠绕我全身的真理，
舌头是最好的武器。
握有撒旦的权柄，
我杀人，如同人杀我。

2018. 5. 4

古意（四首）

诗

推开影子，李白
把一枚盛唐的月亮
倒在酒里
然后用这杯酒
酿出了一句古诗
整个中国都听得醉了

书

透雕的窗棂前
有一橱珍禽和幽草
卧游于唐宋之间
菖蒲叶上
雨点自小而大
平平仄仄平平仄

一只蝴蝶
从老庄的那一页穿出
在世上
飞了几千年

画

四方的天地中
有一月如钩
还有一叶扁舟
划过千年的河流
墨分五色
虚和实寥寥几笔
留白处是大雪纷飞
从五代
下到了现在

印

方寸之间
何物容纳了天地
阴和阳的交界
一把刀凿开了历史
一团火焰从石头内部升起
映照出
古老的象形文字

2018. 5. 5

修鞋匠

钳子、剪子、锤子、锥子
顶着厚厚的老茧
他把黎明的万道金光纳进鞋底
他短而粗壮的手指抚摸过世上每一种材质
唯独没有碰过女人绝缘的肌肤
那从未涉足的禁区
他萎缩的小腿只够承受自己劳作的双臂

他出生在二十世纪四十年代的中国
为证明一代人的意志
新生的力量从他羸弱的躯体涌起
他从未埋怨过贫穷、冷漠和糟糕的天气
日复一日，他拄着拐杖，作息和太阳同步
直到七十七岁那年，他所侍奉的上苍
把他召回了身旁

2018. 5. 13

2022 年

打　坐

一只生锈的钵盂
装满了
尽可能少的意念，
约略等于空无。

时间毫无目的地
在经文上移动，
将肉身缩小成一束
微不足道的投影。

理了理缁衣，
你趺坐在蒲团上，
念了七遍《心经》，
七遍《金刚经》。

并不管用，
你知道这一点。

他人和自我，

都在时时刻刻中遭遇。

2022. 8. 3

祭 祀

卯时三刻，第二炷香已经供上，
必有一个选中，无论强者还是弱者。
似乎她知道了自己最后的命运，
双膝跪下，被所爱者扼住咽喉，
扭头直面活着的真相。

殷红和洁白在剧痛的阴影中汩汩流淌，
她赤身裸体，敞开四肢趴在祭坛中央。
一道冷光把祠堂劈成两半，
柔弱的心脏在盘子里微微起伏，
延续这古老而强大的习俗，有时称作文明。

牧羊人年幼的孩子别过脸去——
啊，死去的列祖列宗与我何关？
如何面对，我怀中挚爱的生命已在父母腹中，
为了我的子孙，还是祖宗？
第一次，他感到祈求宽恕的必须。

2022. 8. 9

自画像

我和森林有个约会，
为打听一朵花、一株草的消息，
以致错过了世间的聚会。
所有误解的总和加起来，等于我。
倘若有人觉得冒犯，我很抱歉，
却无意改变。

铺满砾石的道路蜿蜒向前，
蛇蜕的鳞片，组成了我的过去，
每一步都通往错误。
从未有过正确的时间和地点，
但那有什么关系？
并没有人在另一头等着我。
而野兽，从不在乎。

我聆听过鸟鸣、鹰翔和花开的声音，
一滴水奏响了千年的古井。
我拜访过蚂蚁、蜘蛛、蜜蜂的房子，

从中领悟了造物的劳碌和诗歌的技艺。
我邂逅过一些奇异的动物，
百科全书没有收录，
我们点头致意，没有寒暄就走开了，
因为不需要知道对方的名字。

春去秋来，太阳和月亮轮流为我指路，
有时乌云密布，狂风和暴雨
教会我接受生活的全部。
词语的森林里，我独自一人和万物相遇，
如此丰富，如此静谧，如此满足，
有如退位的君王漫步在自然的国度，
没有什么需要征服。
而世间因为我的错过，少了一个正确的囚徒。

2022. 8. 10

献给死者的歌

事物裸露在太阳下面，
没有语言，它们只是和盘托出，
无论是否被人看见。
它们心照不宣，恪守事物的本分，
从不议论他人的长短。

人的肉眼太难分辨了：
谎言和真理就像一对孪生兄弟。
两边的耳朵也不能统一意见：
生存还是死亡，这是一个问题。

每个时代总有人跳起来，指着别人叫道：
你的子孙太多了，连大地也装不下，
只能扬成灰，撒向烟囱；
或者烧成焦土，压进文化层。

于是年轻人涌上历史的舞台，
左顾右盼，多么新鲜！

年长者躲在幕后指点，
从中选出最平庸的助手和足够多的演员，
再从桌上拿起“五号计划”[1]，
以及一份“最终解决方案”[2]。

我和你，需要两个阵营；还有他，
迟早会来加入。嗅觉要灵敏，看看
谁能洗掉肤色、口音和血型？
支票和护照不太管用，不过有比没有好。
血缘、友谊和爱情，最好统统撇清。

好戏上演了，请跟着口号：
向左——转！向右——转！
父亲和儿子，男人和女人，

1.“五号计划”：1942年日军制订的侵华作战计划，后取消。
2.“最终解决方案”：二战期间纳粹德国针对欧洲犹太人的系统化的种族灭绝计划。

倒下的多多益善，直到效果如愿。
只有极少数人能够幸免，不是出于怜悯，
而是为了剧情的需要：繁衍。

然后是中场休息，大地陷入片刻的死寂。
剧本需要精心修订，以便载入史册。
坐下来，土地被重新划分，
人口被重新统计。但问题还在。
人啊，只能用眼睛和耳朵重新思考。

死去的人排成几个“0”站在“1”后面，
整整齐齐，一点都不占空间。
死去的人非我也非你，他们保持中立，
成为事物的一分子。
它们裸露在太阳下面，进入永恒的时间，
绝不向你我吐露半个字眼。

2022. 8. 11

婚 姻

耐心是一种肥皂，
很快就用光了。
他和她，都急着了断，
把人生切成两段，
把孩子分成两半。

一、二、三，
他们摊开条款。
你的我的，连同姓氏，
涵盖了所有偶然和必然。
一切都有言在先，
但总是会有例外。

他们不信神，不信人，
只相信自身——我。
而我从哪里来，到哪里去？
与你无关。
没有爱，也没有恨，

只是公事公办。

曾经连在一起的日子，
从下一刻起，就要一分为二。
他们笔直的身子
伫立在阴影里，
犹如两块无法合葬的墓碑，
一寸都不能相让。

2022. 8. 16

我明白语言的无用

我明白语言的无用，
说出此立刻指向了彼。
人的恩怨是非都因此而起，
从印欧语系到闪含语系，没有什么不同。
有的吵了几个世纪，
用了几百种文字，几千种口音，
连上帝都听得烦心。

我明白语言的无用，
迎春花和知更鸟并不说话，
除人之外的所有事物都是如此。
它们在沉默中生，在沉默中死，
它们安静、朴素、自得其乐，
从不羡慕别人，也不觉得自己
有什么了不起。

我明白语言的无用，
再动听的话语也不能改变事实，

不如将它压在舌底，打一个死结，
再铆上两排乳白色的钉子，
用滚烫的火漆
牢牢裹住，以防它
出卖你的灵魂，
还可能，连累你的肉体。

2022. 8. 17

鹰和画家

鹰迁往北方，它的叫声
刺穿了二月。
大地在颤抖，一位画家
抬起头来，
在空中寻找鹰的足迹。
然后，他俯身种下一片树林，
林中卧着几块残石，
在树石的后方，
他抹去原有的茅屋和深山，
覆以辽阔的平原，渺无人烟。

终于，当水墨浸湿了原野，
最后一丛草也在疾风中
挺直了腰背，画家用寥寥数笔
放飞了一只鹰，
它的双翼带来早春的暖流，
它的利喙是四季的心脏在啄动。
这时画家听见时间的脚步声

在空白处急促响起，
鹰，在寻找。

他举起笔，在鹰的周围
挥洒了几点淡墨，
更多鹰出现了，它们翻滚着
盘旋在残冬的尽头，越过虚无之境，
俯瞰世上的一切。
瞬间，鹰的眼睛睁开了，
以迅雷的速度挣脱纸面，
和同伴一道，飞向三月的家园。

2022. 8. 20

献给八月的你（四首）

——赠 X

一

不早也不晚，
当忍冬沿着你修长的枝丫
吐出几丝白色，
是八月的蝉开了口，邀请我住进
你高大的树荫。

推开门，从镜中揭下自我
扔进炉火，
再掸一掸来时的尘土，
从此成为你生命中
最后一件衣服，
披在你正当繁茂的肩头。

二

就这样，
多少个夏日过去了，
而太阳始终将你我照耀，
又让大地产出面包，
让大海送来了盐，
如此慷慨，如此富饶。

在自然的馈赠前，
人并没有什么善行和美德
值得歌颂，唯有真实
赋予我们新的果实。
犹如一枚发皱的无花果，
因接受酷暑的考验
向内生长，把花瓣裹在里面，
将最甘甜的种子
带回给了自己。

三

只有风知道，
一条河早已将你与我相连。
也只有风知道，
要用多少个清晨的细语
和黄昏的漫步，才能数清楚
这河的长度。

日升，日落，两点一线的钟声
将群鸟惊上你的枝头。
当最后一只白鹭
目送最后一班渡轮远去，
你将千万片思絮从笔尖撒落，
沙——，沙沙——，
让寂静穿过你的树影，
铺满了月色的必经之路。

四

为求证月亮和星星的必然，
你把命运交给了偶然。
跟随浮云的步伐，你曾走遍
地球西边的海岸线
和北边漫长的国境线，
一条接着一条，连绵不断。

无人能够抵达内心，
除非沿着你的道路重走一遍。
而我将我全部的闪电
投进你冷静、理智的湖面，
直到我蒸腾成八月的雨水，
慢慢地，一点，一点，
渗入你无声无息的心田。

2022. 8. 24

赫鲁伯的母蝇

当沉默降临
只有腐朽的沙沙声
轻轻地围绕那些尸体
…………
她开始将她的卵
产在约翰·乌尔
皇家建筑师
仅存的一只眼里

——赫鲁伯《母蝇》

八月，一只母蝇
从克雷西森林飞出，
空气中弥漫着血腥
和嗡嗡的声响。

短短几行，战争
开始了，战争结束了。

几百年过去，
人死了，母蝇活着。

大地死寂，没有呻吟，
只有四肢在抽搐、痉挛。
人类的所有荣誉、头衔，
都成了她稀烂的点心。

她吃喝、交配、观看，
像哲学家一样沉思
苍蝇的不朽，并请
捷克医生赫鲁伯
记了下来。

一眨眼的工夫，
也许只有十分之一秒，
这只母蝇
就在我的眼睛里

产了卵。

现在，她盘旋在
我的脑海，
搓着她所有的腿，
告诉我
那些死人的味道。

2022. 8. 29

孩子（二首）

——赠 Y

一

像蒲公英，或者满天星，
孩子住在他们小小的世界里。
命令时间从钟的摆声中停止，
让太阳和月亮立刻同步。

置身于五光十色的黑暗，
我用手指代替五官探索事物。
敲敲这个声音，摸摸那个形状，
把它们打乱、重排、再打乱。

但在做这些之前，首先
要成为孩子，或者蒲公英、满天星。
只有这样，才能穿过窄门，
进入他们小小的世界。

然后我找到了“我”本来的位置，

像格子一样限定，四四方方，
却浩瀚无垠；像单词一样独立，
小于、等于一，却通向了无穷。

二

抹掉百分之九十九的多余之后，
他在空白、沉默的地方突然转身，
看着我。
一个标题出现了，
以他无可辩驳的存在，
统括了我散漫、隐晦的一生。

深夜我坐在桌前，听凭他
一笔勾销了我无法修改的过去，
从他指向的光标
进入语言那深不可测的腹地。

这时他熟睡的鼻息
轻轻拂过纸面，
将我的句子吹向了四面八方。

2022. 9. 4

立　场

曾经有一次，我惊觉自己
站到了天平中央。
不左不右，不偏不倚，
刚好是正中央。

权衡了所得与所失，
我以肉眼看不到的速度，
向一边挪了一小步。
我发誓绝对没有人发现。

就那么一小步！
从此我的天平发生了倾斜，
世界随之扭曲，
我再也找不回那个中点。

2022. 9. 9

乞　丐

离开了穷乡，
他背着一把二胡，
把大半个中国流浪。

他卖过力，也卖过唱，
如今老了，他伏在地上
乞讨一日的食粮。

靠着善心的菩萨，
他找到一处容身的地方，
把手和脚暂时安放。

没有光，也没有窗，
他把一张观音像
贴在黑乎乎的墙上。

远方，一轮月亮

升上荒凉的村庄，

因对照而显得发黄。

2022. 9. 20

我登上了你说过的那山

经过了四十个春天和四十个夏天，
终于在第四十一个秋天，
在冰雪封住过往的种种之前，
我登上了你说过的那山。

不知道多高，也不知道多远，
这山就在我和你声音的中间。
为此我独自走了那么多年，才明白
是你的沉默注定了这山的高远。

越过了多少条江，翻过了多少座山，
终于在这个充满天籁的夜晚，我看见
你无言的潮水积蓄了全部愿望和力量，
向上，涌向那永远吸引你的月亮。

从那里，你的声音泠泠飞溅，
有如月中之泉直下人间。
这时群山绵延，尽现在我眼前，

我登上了你说过的那山。

啊，山顶所见正如我心所愿，
天地如此浩瀚，就连爱也如此遥远，
唯有头上的星辰和脚下的大海，陪我走完
这条没有人走过的路。

为了让你的声音传得更远，
我仰头啜饮飞泉，直到灵魂
变得甘甜。从我灵魂里流下的诗篇，
也将铭记你说过的箴言：

——来吧，何必惧怕孤单！
——来吧，攀登属于你自己的山！

2022. 10. 8